U0058797

美麗人生

明士心、立青、老溫　合著

天空數位圖書出版

目　錄

夢想、理想，還是妄想

文：立青

　　香港著名藝人周星馳在電影中說過一句「做人如果沒有夢想，和鹹魚有甚麼分別？」，那你有想過自己的夢想是怎樣嗎？你又有想過去實現夢想嗎？

　　夢想，字面意思是夢寐以求的想像，有點不實際的目標，甚或乎不可實現的。與理想不同，理想是理性的想像，能具體化達成的種種目標。每天營營役役的生活，是被數字壓到踹不過來的生存，還是每天踏踏實實地朝向目標走過去呢？你有沒有試過一次生病了，躺在床上靜思，想著公司突然覺得我非常重要，要把我升職加薪又或者醒來中巨獎等等，這大概是毫無根據亦不會實現的妄想罷了。

　　我曾經與很多不同的青年人討論過他們的「夢想」。十之八九一開口便有以下回應：「我想人生中有數之不盡的金錢」，追問下他們便再進一步說：「我想擁有一棟物業」。如果你是他的父母，可能你會嘴角揚起，心裡暗喜想了一想：「這孩子倒是挺實在，有一點點孝心，還可以啊！」這個想法不難理解，對未來的生活而言可謂再正常不過，而且看起來有實際的奮鬥目標，此刻在旁傾聽的人更積極點頭認同此等理念。可是，這想法是出自於身為數十年社會人對自身生活的理解而合理化，還是應該對於一個對工作、薪金、甚至社會環境都還不太掌握的情況下被潛移物化的固有思想？「它」還配得是一個「夢」嗎？

此時此刻，我加插一下我對「夢想」的憧憬和看法，它既可以天馬行空，又可以實實在在地通過一級級目標，一步步向雲端爬上去實踐。比如說，我要成為億萬富豪，我會透過不斷進修金融投資的課程，慢慢從業界中汲取經驗，組織理想的經營環境，再慢慢把積存金額數倍滾大……等等等等透過幾十個，甚至幾百個計劃把我這個一聽到就會被笑掉大牙的想法實現。我亦確實及肯定的斷言，這個過程將異常困難和痛苦，甚至出現預計不到的情況，但我從沒一刻放棄或宣告夢想幻滅，可能十年後，你與我再談這一個「夢想」，即使我未必能成為地區首富，我應該過得還不錯，而且我仍在追逐「夢想」當中拼命奮鬥。

解釋完這個短短簡單的例子，那些充滿無限未來的青年人會突然活過來，也有人試過立馬改口並認真的說：「我想當太空人！」大家也會笑了一笑，可你要緊記，那一陣笑聲充其量只是個氣氛，不能影響你對鍾愛事物的追求啊！有能力去改變這個氣氛的人，可能是十年後在火箭工程公司工作的你自己本身！最為觸目的是，此刻笑聲後，大家的面上都掛滿認真的表情去思考自己心底裡那唯一的追求。夢想是不受年齡限制，更不會因「現實」作伴而消失得蕩然無存。活著！凡事都有可能！

美麗人生

歡樂小偷

文：立青

　　歡樂小偷，你知道它是誰嗎？好像偷偷摸摸的存活在你我身上，適逢其時逐少逐少緩緩地偷走我們的快樂。它，所向披靡，令每一個人都失手，我們，手無縛雞之力，處於一面倒的情況，世世代代相傳。你有遇到它嗎？你有能力對抗它嗎？

　　它，從小便跟隨我們長大。自出娘胎開始，渺小的它潛伏著，我們無一能察覺到它的存在。舉一例子，初生嬰兒吃飽甜睡的樣子，人人都憐愛，看著那白淨紅潤的面你已經不自覺地嘴角上揚，心中泛起無窮想像，想像他牙牙學語、奔跑、笑瞇瞇望著你⋯⋯可是，總會有人此時此刻卻擔憂嬰兒不能長大，即使能長大，卻又擔心他叛逆，種種危機迎面而來，來勢洶湧。你有察覺小偷的踪影嗎？

　　每當我看著小孩成長，活潑的他總能創造任何歡樂的玩意，讓自己沉醉在美好的回憶之中。例如用口罩打造成吊床，讓心愛的玩具在上面躺著，接受最高貴的服務。一不會兒，把清掃好的落葉一大把一大把向地上撥散，欣賞枯葉與地面觸碰的聲音與自由散落的畫面。一點點的快樂，是他享受用自己的方式跟世界連接，他亦會笑呵呵地望向周遭的人，希望大家一起感受他那一刻，分享給眾人的快樂。換作是你，快樂嗎？

　　我們都知道，亦深深體會過向朋友分享喜悅那種雀躍的心情，歡樂小偷一定逃之夭夭，因為它根本毫無立足之地！但絕處逢生，

俗語說有危則有機，就以上例子，你不難想像孩子得到的回應是消沉的、負面的、毀滅性的！「你在浪費珍貴的醫療物資！」、「你在浪費打掃的時間！」一句句不難想像的回應，讓小偷開始把孩子的感覺拿走，甚至囂張地雙手抱胸等待孩子自動奉上。

某程度上，我同意小孩的行為需糾正、教育，但時機要挑對。你也可以讚揚一下他們的創意、天真，引導他們用正確的時間、地點、方式去享受大自然。不然每一次的失敗、打擊，讓「它」成長為有恃無恐的大惡霸，直到現在都威嚇我們把歡樂交出。有人問我會是幫凶嗎？可能吧，我更不希望自己會成為原凶！冰封三尺非一日之寒。

你又認為簡單的快樂會很難，不能達到嗎？每人都有不同的痛苦、困難，開不開心日子總要過的，看你選擇甚麼相伴。我說，我要用樂觀的心面對逆境，迎接挑戰。曾經歡樂小偷在我身邊很久很久，也試過變得很凶猛，壓垮我整個人生，可你要記住，自己才是生命的主宰，為自己所有的決定承擔，享受生命的熱誠，萬物抱有欣賞的態度。漸漸地，小偷離我越來越遠，不過它也會靜候時機。凡事常喜樂，樂活人生，當你察覺到它的時候，只要你願意，也可以把它趕走。

美麗人生

堅持式放棄

文：立青

在跑步世界中，跑者堅持著不放棄，捱下去完成賽事，最終贏得眾人的掌聲是對「堅持」一詞屢見不鮮的代表例子。堅持的意思是一直保持去做一件事，義無反顧的去完成一件事。看來好像是正面的字詞，大家都耳熟能詳，但也可以像標題一樣，放棄也可以堅持，即是說你一直堅持放棄這個「選項」，你的心底裡不也存活著堅持嗎？哈哈。好像很混亂，到底是說放棄還是堅持呢？

這個特別矛盾的字詞是從我過往的經歷中發現的，特別是在觀察年青人習慣的時候。大部份年青人過的生活不外乎上學跟娛樂，跟他們說到娛樂，他們必定會變得眉飛色舞，跟你分享他們的樂趣，你會聽到他們在上面建立到的快樂、信心和願意給予肯定的朋友，在娛樂中他們建構到成功。反過來，當你一提到學業，他們的反應立馬表現出對追求成績所產生的失敗，又或者是覺得你在找碴、找機會唸他，進而一退再退，他們會堅持地選擇放棄這個選項－－不想再在學業中求突破，因為他們已經被傷得夠深了。人，當然選擇自己感覺良好、可以取得成功的一方，這點我非常同意。

所以跟年青人討論課題時，常常看到他們選擇放棄，卻眼視堅定。不能看輕他們這個反應，我相信十之有九或全部都經歷過多重失敗的洗禮，煉成他們的意志，下定決心堅持不在這條「路」

上再下苦工。成年人聽到後便會說「長大後你會後悔莫及！」卻使他們的心更堅定。

你回想起生命當中，有沒有一些人吊車尾的人突然之間在一個學期變成學霸，然後他說所有的科目變得很簡單，因為他找到了「對的方法」，然後跟你說得頭頭是道，逐一解說。說到底，只要在學習上，他們找到快樂、信心、朋友等等的成功感，他們會把學業歸類為以上所說的娛樂，當有兩種很喜愛的娛樂出現時，我們會分配自己的時間，即使有十種甚至更多時也會分配，因為人是追求快樂的。

有些人往往會把自己的經歷硬生生的套進別人的生命當中，可他們沒有想過別人的意願，更加從一開始沒有理解過別人的「選擇」背後的堅持，只會說不應該放棄，自然而然，那一道溝通的橋樑便已經崩塌了，其實這是兩種不同的堅持產生劇烈碰撞：成功的要人跟著做，失敗的要避開不去做。特別是年青人，要了解他們的堅持式放棄背後原因，我們才可以推介不同的「娛樂」讓他們換一個跑道，重新出發。即使他們說是放棄中，你也可以聽得出他們堅持的理由，接納他們。你再看看他們堅持拿著電動的樣子，多迷人！哈！這樣另類「堅持」不也很美嗎？其實他們也賭上自己一生去追求的！這刻，他們的需要便是你的接納、等候。當你願意卸下自己的包袱去守候青苗，你會發現他們的美。

美麗人生

空　白

文：立青

美麗人生

「怎麼啦？發呆啊？你又想不到東西了？」被好友的咆哮聲喚醒，我剛跳到無重力狀態，突然又被叫回到這個又現實又狹窄的世界中。你有跟著思想跳動過的經驗嗎？每當有靈感湧現，它好動活潑，我的整個思緒會被牽動、連結著，有時像遛狗一樣被拖行，有時像捉賊或追公車般的奔跑，有時又像用顯微鏡一樣仔細地觀察，但在旁人眼中這些虛幻的想像不存在，在他們眼中，我只是單純無預兆的在坐著、站著，腦袋卻又不禁自己運作起來。

在我回憶自己的「走馬燈」中，我好像不願留白，不願讓自己毫無懸念般停下來，我怕自己浪費一分一秒，我怕人生很短暫，我實在有太多的事情想去做，努力去做，不想白白讓機會流失！你會明白我嗎？有時候我也覺得自己很貪心，很不情願地確認自己每天只有 24 小時、每天都要花時間去吃飯、每天都處理自己的情緒……我卻沒有想過「空白」這一個選項，一點也沒有。

我指的「空白」是代表你那一刻不需要想任何事情，不需擔心、掛念你所關注的人，甚或乎不需要動，就好像世界仍在轉動，而你卻在靜止當中。好動活潑如我，連思想都不願意暫停一秒鐘的我，速食型社會中長大的我，應該跟「停」這個字無緣，但世事卻如此諷刺，有一天我受傷了，不能動了，就像遊戲當中被強制暫停了，你能感受到我那一刻的無奈和焦慮嗎？

在那一段時間中，我反反覆覆的抖動著，不止我的身體在控訴，我的思想也在抵抗，「為什麼我不能再動！」這句話在我受傷後的幾天不斷重覆著，強烈地出現在我的腦袋中。請放心，我並沒有因此而瘋掉。當所有的情緒都走過了，我身心靈都放棄維持「好動」後，我才開始接受「停」下來。觀察、理解停下來的自己，把人生的一段時間留空。

我實在告訴你，因為擁有這段經歷，我方知自己人生過得多麼的急速，多麼的趕。人生四味，酸甜苦辣，每一種都能夠為你添上一重重意義，要細味品嘗，你才可以真正活著。人體很奇妙，有時候它需要時間去把我們所學的知識吸收，最簡單的例子就是小時候讀書，讀完後睡一覺，你會更明白當中的意思，又或者當你在學騎腳踏車的時候，明明整整一個月都處於跌跌碰碰的狀態，誰料到隔一天你又會突然學懂。這都不是奇蹟或偶然，是身體會慢慢吸收，雖然吸收的速度因人而異，卻這是存在的事實，人生更是如此。

有時候，當我們勞勞碌碌過活，更需要那一刻的「空白」，用來整頓自己也好，或是把自己放空也好，更讓我們沉澱、體會活著的美好，愛著自己的美麗人生。希望我們都能學會當一個白日夢的奇才，一起來為人生留白。

美麗人生

幸　福

文：立青

　　「幸福」，應該是一般人出生都擁有的，包括出生時被愛所包圍，以至慢慢長大開始牙牙學語，對世界的好奇而感到歡欣喜悅，那時期，幸福可謂垂手可得，因為它充滿在我們身邊。可是，到你能看懂這篇文字的年紀時，你又會回憶那一段段的幸福，我們會懷緬、後悔那一種的幸福，亦會期待、珍惜下一站等候著的幸福。

　　這次，我想分享的是一位較孤僻的年輕人跟一個準退休的老頭接觸的故事。從旁人眼裡看起來，說他們是父子，有點格格不入，說他們是朋友，年齡也差太遠。他們聊天，細聽下去，你會發現年輕人喜歡作弄老頭，老頭時不時才「回敬」他一兩句，他倆的關係又不像朋友般的屁話連珠，實是不太好形容。每當老頭吩咐年輕人幫忙做事，每一次都用不同的借口推掉，實在不情願的他又一整天圍著老頭身邊打滾。得不到幫忙的老頭也很耐心的觀察著，默候著下一次機會再邀請他。這倆口子微妙的關係，你會覺得怎麼樣？

　　有次，老頭約他去吃飯，普普通通的午飯，就被少年嫌東嫌西的好不容易弄到一個地點是兩人都能接受的。少年很清楚老頭喜歡米飯的習慣，同樣地老頭也知道他會挑食，就這樣他們就大快朵頤享受美食。不如所料，少年也把很多食物挑出來不吃，眼看大家都停止進食好一陣子，少年收拾東西準備起身，「等一下，

應該要說的一定要在這裡說清楚！」語氣堅定的老頭叫停了準備結帳走人的少年，老頭好不容易用平柔的語氣跟少年說了珍惜食物等等的話題，少年卻聽不進耳朵裡去，一臉無奈等著。

少年年紀太輕，嘴裡硬要說自己習慣孤獨，一個人生活，卻又整天在一個差距極大的老頭身邊，這可能是他想幫忙老頭，也可能是他根本沒有地方去。老頭心知，這人未嘗真正的孤獨，還未遇到只能自己能解決問題的時刻，也擔心他沒有足夠能力去應付它，有緣結識，盡能力教導他、協助他。

這兩人沒有丁點兒血緣關係，但老頭卻有照顧孩子的感覺。這些畫面，我稱為幸福的時刻，雖然少年此刻毫無概念，甚感煩厭，卻在年紀漸大，家人不在身旁時的人眼裡，這不就是久違了的幸福嗎？這一種勞勞叨叨的幸福，大概是回頭看才會發覺的。年輕人不會明白，年老人卻會回憶。人生匆匆數十年，或會遇上不少怪人，可這種奇妙的相遇，卻必定為少年留下珍貴的祝福。

美麗人生

改變的成功率

文：立青

　　改變很難！一個人要求另一個人改變更是難上加難，如果不是自己想要的改變，要別人作出改變根本不可能出現。而在這世界上，很多事情我們都想作出改變，想自己變得健康、想自己變得富有、想自己可以能言善道等等，到底想改變自己丁點兒小毛病已經感覺困難重重，還是不斷在紙上談兵，空口說白話呢？

　　世上大概分為兩種人，一種是說得斬釘截鐵、聲淚俱下要改過自身，卻又重蹈覆轍，兜兜轉轉改不了。另一種當然是真的會改變的人，不管說甚麼，就是要變！你知道兩者的分別是在哪裡嗎？據我所見，人類乃一種習慣做自己擅長或有喜歡慣性重覆去做同一件事的傾向，這就成為「改變」這根本的阻礙了。當你說服自己由不願去做，變成願意去做，這是第一重思想上的改變，可是實際上，你要多花很多的力氣去踏出實際行動，從而變成踏實的第二步，還有無數的方法、步調去實行，才有明顯的改變。很多人卻在第三、四步開始便還原基本，所以便沒有成功維持下去，打回原形，這正是因為維持不變輕鬆多了。

　　那麼，改變的成功率是怎麼樣的呢？我個人認為，關鍵在於你想不想改變，有多渴望改變，這個決心要變的動機足夠大嗎？可以在鬆懈的一刻提醒自己不要放棄嗎？說實在的，只要你是由零開始，想要改變，那個成功的概率就已經由零變成「有機會」，甚至乎「能夠」成功。

　　當決定要變，從基本上就是跟之前不相同，比如一件事有十個步驟要進行才可以成功，要改變為八個步驟也可以成功，這用的方法肯定不一樣。又比如你要減重，可是你吃的東西沒有改變，亦沒有進行額外的運動訓練，若真的減重了，我建議你還是去做一個徹底的身體檢查比較好。那就是說，有很多人都只是嘴上說說而已，當需要他們作任何改動，總會有很多「不方便」、「不適合」，有種忙是我覺得自己很忙，改天再算。若要改變你心目中最重要的事，請把最重要的成為真真正正最重要的，要不，談何來變？同一道理，請為自己的改變增添更多的成功率，那個決定性的一步始於你腳下。

　　而我肯定就是第二種人，說變就一定要變，就是我通常做事都會有所改變，我會將上一次成功經驗當中的步驟增加或減少，看看結果的差異，也就是一點點的改變，所以每次的成果都不一樣。光陰似箭不復回，我又不是機器人，為何我要把人生複製貼上呢？改變的成功率，要相信世界上的成功，大概都是由失敗中變革出來，沒有奇蹟，只有累積，更應該要聆聽你心靈的聲音吧！

美麗人生

立於 1%的頂端

文：立青

　　你有聽說過一萬小時的定律嗎？大約是指每個領域只要花一萬小時的學習，你便會成為那個方面的專家。簡單來說，你只要願意花時間去了解，你也可以成為博學多才的專家。又有人說，你儘管唸完大學，取得某某專科的博士資格，充其量你只立於該領域的頂端，可你其他方面就如一個普通的掃地工人，甚至乎掃地效率還比每天工作的人差呢。

　　我不是藉著機會在此詆毀博士或掃地工人，而是比喻一下每個人的努力也可成為那方面的專家、權威性的代表，亦不是要諷刺那些只懂唸書，卻連社交及甚至日常生活都要被照顧的那一群人，因為我相信這些奇才只要多花一兩百個小時，他們亦可融入社會，變為社交能手亦不無可能，因為起碼他們有專注在自己的優勢上並發揮出來，稍微換一換角度，他們亦有能力把這個劣勢變為優勢。

　　那麼，在這個資訊發達的世代中，你願意成為那 1%的頂尖級人物嗎？有人說，越靠近頂尖，你的生錢能力就越高，你的價值便會再進一步提升，你又同意嗎？那你願意用生命去雕琢那世界上的一點嗎？其實這頂端是指一個圓形往外擴展還是走向圓心呢？意思是所有知識的盡頭是走在最最極端的差異，還是萬物始於一的圓心中間，能融合其他方面的說法？

　　這些都是根本觸摸不到，虛無縹緲的話題，卻是圍繞著整個世界而發展的思想。所以在香港很久之前就有句名言：「求學不是求分數」希望想把下個世代主人翁們找尋人生的興趣和意義。當然經歷過不知多少次社會壓力擊敗後的過氣主人翁們便會直接把整句話改掉—求學乃是求錢財，管你甚麼興趣、奇怪的嗜好也罷，麻煩你先唸好金融科，領著每個月十萬薪水後，隨便你要作甚麼興趣也可以。

　　當然在這個社會的大氣氛當中，要有養活自己的技能亦是無可口非的，卻又造就了一批又一批喪失意志的金錢奴隸，可笑是大部份人都想用那 1%的優勢去贖回失去的 99%尋找興趣的快樂，又有多少人能做到？還是不斷被困住金錢的牢獄中，一輩子都在通向 1%的路途上？相反地，一位普通人，能力平平，工薪當然也是平平，可是他卻有在不同國家當冒險家，用單車環越半個地球，也試過在海底下與海龜共舞的經歷，這樣可也不錯啊。

　　我沒有主張要唸書唸得會飛天，也沒有叫人不學無術過每一天，要是要當 1%的專家，透過優質的一萬小時也可以達到專家領域，在這個毫不輕鬆的世代，或多或少都要一兩項專項領域才過得比較好，可是還是那句話，世界那麼大，甘心嗎？我是會選擇在年青力壯時努力去試試、去看看、去探索這個美好又變化多端的世界，用盡全力去做那曾經失敗的事情，把失敗變成過去式。

美麗人生

小丑的眼淚

文：立青

　　「嘩！…嘩！」一陣陣的驚嘆聲由商場的中庭傳過來，逗得整個空間也洋溢著歡樂的氣氛，扶老攜幼無一不展現笑容，這正是小丑的功勞。你有看過小丑嗎？你印象中的小丑是這樣的嗎？他們梳著彎彎曲曲五顏六色的頭髮，一定有個大而觸目的紅鼻子，還會有個看一眼就會笑的小丑妝。你又有仔細觀察過他的妝容嗎？你有沒有察覺到每一個小丑也有一大滴的眼淚？普遍的小丑妝也會塗上一大滴藍色的顏料畫成一大滴眼淚，在我看來，他的眼淚卻是有一層很深的意義。

　　眼淚可以代表歡笑，亦可以代表難過，更可以是演繹背後的努力。我有過一次跟歡樂小丑學習的經歷，才知道要成為一個受歡迎的小丑，需要具備的技能有很多很多，要懂得魔術小把戲、造型汽球、製造失誤營造氣氛的滑稽動作、個人默劇……甚至乎化一個小丑妝等等。其實一個專業的小丑要甚麼都懂，高難度的有走高橋、獨輪車等等，其實，還不止這些技巧，那一滴眼淚也是代表著一塊面具，一塊把小丑內心情緒收藏的面具，一輪忙碌過後，小丑下班後會把面具收起，迎接屬於他的生活。

　　每天的工作中，小丑透過面具看到觀眾哈哈大笑，彷彿所有的失誤也只是剛好的臨場發揮而已，絲毫不會因任何的失誤而令表演扣分。這面具亦隔絕了觀眾與小丑本身的情感，當小丑高興時，那眼淚也在，當小丑失落時，那眼淚亦未曾改變。無論表演

多刻苦，天氣有多炎熱，小丑也需要徹徹底底忘記自己的情感，把專業呈現出來，完成人們所期待著的表演。

你也有以上小丑的經驗嗎？你有需要戴著面具生活嗎？我認同這個世界很多人也活得很痛苦，很多困難解決不了，但我認為最痛苦的是他們要被迫戴上一個不適合自己的面具，每天行屍走肉，演活一個人們所期盼的自己，甚至連自己也忘記原本的模樣，終日戴著面具做人。

小丑也有真正快樂的一刻，每當他成功演出，受到眾多掌聲歡迎，簡單至一個拍拍肩、向他舉姆指的微小動作，作為認同他的表現，那一滴眼淚，突然間便成為他努力付出的證明，是他受人認同的見證，化作一滴光榮的眼淚，更是一塊被認同的面具。那一刻，小丑的面具又與他的心情一樣，面部的眼淚代表著辛辛苦苦的努力被認同，大而誇張的笑臉則是發自內心的感動大笑。

我們在這個艱難美麗的世界中生存著，小丑的刻苦訓練對我們來說也是必需的，他的眼淚面具也是我們必備的，有了它便可以用來面對我們討厭的人，可以用那專業可敬的精神去修理這世界，直到有一天那面具再不需要收藏什麼情感了，我們可以光光明明把面具脫下來，訴說我們真實的一切。

美麗人生

回　憶

文：立青

　　回憶總是美好的，我們記掛的多數是我們開心的回憶，那些經歷過的美好景象，總會自自然然在生活中勾起，或是埋藏在我們記憶的箱子中，透過我們一次又一次回想便自動打開，讓我們嘴角泛起一絲絲的甜。有些回憶是常常出現的，就例如小時候所拿過的獎項、團年飯拍的全家合照、或是那破破爛爛的手套，每一幕對我們來說都別具意義。有些回憶卻是封印在箱子內，好不容易才打開緬懷一番，有時候甚至相隔得讓箱子上滿佈塵埃，又令印滿文字的紙張卻被時間淡化得淺白褪色。

　　年紀漸大，主動彈出來的一幕幕回憶變少了，依靠的是那一箱又一箱泛黃甚至變成有一層層灰黑色包裹著的舊物，每次都花很大力氣才拿出來，每次浮現的也是濃厚的回憶，卻又每次慢慢把它們整理著，齊齊整整的把它們物歸原位，有時候紙箱旁亦留下一張又一張的紙巾，總要記得把它清理掉，不留一絲痕跡。

　　直到有一天大掃除了，表面看來殘殘破破的一個個箱子，會被家人誤以為是多年未清的垃圾，可笑是連自己也忘記了那一大堆的垃圾竟是自己的寶物，糊里糊塗一舉作氣把它們掉走，當醒覺過來後方發現餘下的只有三兩個箱子，回憶已經變得破破碎碎了。雖然也想把它們留下來，但是聽到「把這些舊東西都掉走好了」、「有用的話我再買新的回來」、「太舊了，不值得保留」、「我需要多一點空間」等等的要求後，怎不捨得也是會多留幾天，

然後把它們統統掃除掉。那一刻彷彿是四大皆空，就想像著把它們都留在心底好了。

到底一箱箱實而不華的回憶盒子需要存留著嗎？有必要佔據著那寸金尺土的生活空間嗎？人生不是越簡單越樸素越便利嗎？這些想法在年幼時的我常常出現，我也迫不及待曾經試過把家中的一箱箱舊物件丟棄，然而當我上年紀了，回望過去，才知道那時候的舉動，卻是多麼的野蠻且具有毀滅性的。我竟把別人活著的存證毫不留情的丟棄，為的卻是一己私慾。

到我年紀漸大，卻又重重覆覆留著那一箱二箱的，重覆著打掃，重覆著回憶。如果家人說要把它們丟棄，我又卻是無能為力的願意為他們捨棄那一疊疊厚重的回憶，我只想把家人的快樂放在首位，不再為我的過去而感到炳躁，大概也是這個原因吧，所以我以前丟棄家人的舊物時也是理直氣壯，毫不留情。到現在想起來我才發覺，我也不想再做那劊子手了，縱使只是一個破損生鏽的鐵盒，也可能是家人重視的寶藏。若你看到那不潔的箱子也有衝動想銷毀它的時候，不妨把它翻開，逐件逐件拿出來，與家人回味一番後，可能你也會細味他們的經歷，並把它們標記著，放到一個新的箱子裡面。

美麗人生

勇　者

文：立青

　　「勇者」是常常出現在動漫中拯救世界的人，每當有危機出現，就必然有一群或者一個最勇敢無私的勇者拯救世界，免得世界被消滅，哪一類的危機就得看你是甚麼樣的人了。可是在這個充斥金錢利益的世界中會出現勇者嗎？你又有想過被勇者將你從目前的危機中解救嗎？我大概想了想，這世界的勇者，是務必承受背後被人捅幾刀的。所謂棒打出頭鳥，勇者無疑就是最突出那一位。你有試過莫名其妙地痛毆嗎？

　　不知道是職場的凶險還是入世未深的天真，讓我背上了一個大包袱。事源是在職場上遇到很多很多被欺負的「新鮮人」，由於我看不過眼，就想要伸出援手替他們出句聲，盡自己有能力可以幫忙的地方為他們抱不平，結果換來了吸引「奇形怪狀的異獸」的體質。每天花精神去代入他們的思想已經漸漸地變成我日常工作，甚至埋沒了我自己，我抱著略盡綿力的心情去對待這回事。

　　他們有的過份自卑做事沒有信心，有的過份內向不願交談，有的好動活潑又天天闖禍……在他們眼裡，我就像一個願意理解他們的人，在我眼裡我就是一個疲憊不堪每天要為他們擋箭的人，甚至在有狀況的時候，我就是被拿出來受責受罰的代表，因為我是帶領著這班小伙子的小首領。讓我最感到錯愕的是，有一次，那自信欠缺的很生氣地走過來指責我，內容竟然是因為我太過了

解他，太過清楚他想法，讓他不安心，我才知道有種錯叫我覺得你錯便是錯，不用理由。

　　我就中二病發，聯想到勇者戰勝魔王後，卻被曾經保護過的人民攻擊排斥，說甚麼勇者是異類，不管之前幫過甚麼忙。我其實也沒有那麼偉大，沒那樣的能力去幫忙所有人，我只是他們伸出些少援手，卻又換來左右夾攻，兩邊不是人的局面。這樣的勇者好當嗎？當然不，可是我壓根兒沒想過要當一名勇者，只是想要向眼前有需要的人幫一點點忙。

　　在這個萬惡金錢為首的世界中，我只是在街上看到有人跌倒，會走過去扶一扶他，就只是這麼簡單、容易的事。多年來有很多不知不覺被推上前的經歷，可是我認為面對弱勢，也應該要不論回報去互相幫助，縱使最終也是被討厭，但我希望那一刻，找可以無悔地伸出友誼之手。我覺得作為人的可貴之處就是，互相幫忙、扶持、理解，也不會因為那小小的錯失而對這世界失去信心。偉大嗎？

美麗人生

好兄弟

文：老溫

　　有的人適合當點頭之交，有的人適合當普通朋友，有的跟自己興趣相同，容易成為好朋友，還有一種人講義氣，只要他認定你是他的兄弟，赴湯蹈火也可以，甚至會傾全力幫忙，犧牲自己都有可能，他不求回饋，他要的就是兄弟間的情誼，這種人我稱之為好兄弟。

　　點頭之交，到處都是，不足為奇，但偶爾會幫上大忙，不過不要輕易就開口，因為你不知道會引發什麼後果？他可能幫忙，也可能是要求回報，或是希望你欠他人情，等到他需要你的時候，連本帶利討回來，但這都可以理解，有一種人很可怕，他不但不幫忙，還落井下石，搞得你生活大亂，甚至妻離子散，事業崩盤，他平常跟你保持距離，但透露自己的本事，目的就是等那一天你去求他，非常可怕的朋友。

　　普通朋友可以多多益善，但跟點頭之交一樣，不要曝露自己太多的優點與缺點，因為你不知道對方的狀況，他跟你交往的目的為何？保持點距離還是比較好。因為興趣相同而變成好朋友的，有很多時間可以觀察，不必急於把關係拉得更緊密。曾經聽說有一種人，為了做生意而刻意打入各種社團、獅子會、同濟會等，甚至加入一貫道的也不在少數，這種以利益為出發點的，就要分清楚，到底是真心與你為友？或只是要從你身上得利？又或者兩

者他都想要？這很難說，因為每個人會遇到的狀況都不同，不能一概而論，有時，還是可以遇到真正的好朋友的，真的很難說。

　　年輕的時候，曾經遭受大難，經營的公司營運出了狀況，臨時需要籌出數十萬資金，否則可能面臨官司，而合作的廠商亦可能資金周轉不靈，此時真的是叫天天不應，叫地地不靈，那些平常所謂的《好朋友》紛紛走避，再不就是裝窮，明明前幾天才用現金買了賓士 300，並且在交友圈炫耀，卻在開口借錢時馬上否認，甚至召告天下，說我缺錢別再跟我合作，翻臉的速度不比翻書慢。或許是上天的安排，此時出現了一個轉折，一向跟我交情不錯的兄弟，在得知我的狀況之後，把他的車子開到二手車行賣掉，並把他的私房錢也拿出來，湊足了四十萬，連借據都沒寫就把現金捧到面前，事後也沒有要求利息或補償，我想給利息他也不肯收，說什麼都不要，他只要我把他當成好兄弟，我倆就這樣當了二十年的好兄弟，互相幫忙，直到現在還是一樣。這樣的人，一輩子可能就只會遇到一個，而我也非常珍惜這樣的情誼。

美麗人生

合夥人

文：老溫

俗話說《團結力量大》，創業的時候，找到一個或數個可以信賴的合夥人是很重要的，另一句俗話叫做《孤掌難鳴》，校長兼敲鐘的方式，是不可能把事業做好並做大的，至少我是這麼認為的。

但不是每個朋友都能當合夥人的，即使交情再深也一樣，他就是一個例子。生性海派的他，交友廣闊，本應該是一個生意上的好夥伴，但他貪杯，也容易迷失在聲色場所，對那些風塵女郎太大方，導致賺的錢又全都花在酒店，這對公司的經營絕對不是件好事，於是忍痛把這家公司關閉，也少了一個好友，這是一個痛苦的抉擇，同時失去事業與摯友。

能遇到《志同道合》的合夥人是非常幸運的，不用花太多時間去解釋、教學、互相學習、磨合、溝通，有時一個眼神就能知道答案，多好！只要做好分工，公司的營運就能很順利進行，完全不需要擔心過多的細節，雖然人們常說《魔鬼藏在細節裡》，但我選擇相信合夥人的能力，每個人都有自己專業的地方，相信專業很重要，不能相信專業，只會帶來猜忌，還可能讓公司分化，那可不是件好事。

而另一種合夥人也很棒，對工作總是抱著熱忱、執著、信念，他不會遲到早退，總是能堅持下去，無論要多少代價，事情總是要做到完美，至少接近完美，或許這對員工的壓力很大，但正因

為這樣的壓力，我才能真正看清那個員工是有熱情、有理想、有向心力，那個只是來領薪水，養活自己的。當有向心力的員工多了，事業的發展就會很快，反之，只是來領薪水的員工或是薪水小偷太多，終將會成為公司向下沉淪的原因。

另一種是出資金的合夥人，金主的角色其實很特別，有些金主認為自己最大，這也管，那也管，這種合作關係其實很難成功，他會限制了主事者的領導能力與創意。但這也不能怪金主，畢竟那是他們的錢，因此在談合作的時候，必須講清楚，否則成功了固然很好，大家都有錢賺，萬一失敗的時候，他們可是會怨一輩子的。另一種金主雖然不管事，但股權想佔大多數，這會導致真正想拼的夥伴動力不足，成功的機率自然就會下降，還是那句老話，在談合作的時候，必須講清楚，明確表示自己想要多少，雙方達成協議就可以，不要拐彎抹角，因為那就不能算是溝通了，不能開誠布公，要怎麼成為合夥人呢？

美麗人生

吾家有子初長成

文：老溫

　　小孩剛出生的時候，既興奮又徬徨，興奮的是有自己的小孩了，徬徨的是沒有照顧小孩的經驗，該怎麼餵奶？該餵多少？換尿布、洗澡、抱起他，看著他一寸寸長大，看著他學會坐著、爬著、長牙齒、叫爸爸、媽媽，走出第一步、跌倒、小跑步、牙牙學語、上幼稚園、國小，轉眼之間，他已經十四歲了，從天真無邪的小嬰孩，變成活潑好動的小朋友，到現在的叛逆青少年，在每個父母心中都會有一種感覺：吾家有子（女）初長成，他已經不是原來那個小孩了。

　　雖然這是人生必經的課程，但仍讓人感嘆，歲月不饒人啊！十多年的光陰，竟然一溜煙就過去了，而那個襁褓中的嬰孩，已經跟自己差不多高大了，再過一陣子，就會比自己高、壯。他就像一面鏡子，讓我們看見了從前的自己，他有喜歡的音樂、崇拜的偶像、喜歡的女神或女生、玩幾個小時也不願放手的手機遊戲、不讓父母知道姓名的朋友或死黨，秘密越來越多，多到父母像是陌生人般，不願分享任何一件心事，他們的世界，只有他們自己了解，父母看到的都只是表象，不是真相。

　　記得自己在青春期時，食量忽然增加許多，一餐吃三碗飯，現在的他也一樣，帶他去吃到飽牛排館慶生，他可以一口氣吃下六片牛排、兩盤炒羊肉、兩盤沙拉、十隻蝦，當大人們都已經全部停止進食，或是吃著甜點時，他又從遠處端著兩片牛排，然後

又兩片，接著是炸雞腿，還有整盤滿滿的西瓜、芭樂，灌了一杯可樂之後，開始大吃冰淇淋，這就是青春期的小孩，超級會吃，他們的胃彷彿是無底洞，塞多少食物進去都填不滿，回家之後沒多久，照樣拿起餅乾往嘴裡塞。

某天早上，他匆匆忙忙脫下內褲，說是要洗的，我沒意識到發生的事，但一股熟悉的味道從內褲裡散發出來，那時我才明白，他已經不是個小孩了，他人生中的首度夢遺，就在凌晨的某個時刻發生，接下來的幾個月裡，又發生了兩次。青春期的他們，身體發生劇烈的變化，身體長高長大了，男生的夢遺，女生的月經，都宣告他們已經不是個小孩，因此很多事都不喜歡大人們插手，他們雖然還很青澀，但懂得的事已經很多，即使在我們眼中還是個小孩，但他們希望我們把他們當成大人一樣尊重和對待，我知道這很難，放手與不放手之間，還有很多可以斟酌的地方。

美麗人生

紅粉知己

文：老溫

　　有同性的朋友，甚至好朋友非常正常，但男人有粉紅知己並不簡單，兩人之間可能都曾對於對方有著愛情的憧憬，現實生活中，充斥著太多偽異性好友，實際上是單方或雙方對於對方有所期待，這樣的關係，隨時可能轉變。

　　會單方面有所期待，除了是擔心自己配不上對方，還有一種是讓對方沒有心防，因此可以一直見面，甚至變成工具人也再所不惜，只要能見到對方就可以，雖然不能得到對方的愛，但可以一直呵護對方就心滿意足了。雙方都有某種期待時，有可能是當下雙方都已經有對象，甚至都已經結婚，因此能夠暫時維持朋友關係，但萬一其中一方甚至雙方都發生婚姻問題時，界線很容易被突破，這些都是我眼中的偽異性好友，不能算真正的紅粉知己。

　　當雙方都不抱任何期待時，才能發展成為真正的異性好朋友。例如兩人都愛爬山、跑步、拍照、看電影、聽音樂、看藝術展、書法展，聊的話題不會觸碰到兩性之間的愛，這樣才能成為真正的異性好朋友，一旦有一方有意無意提起，就代表這段關係進入偽異性好友。

　　一個女人不期待男人的愛時，她可能一開始認識就以最真實的樣子出現，而不是最美麗的樣貌。男人也一樣，可能不紳士不體貼了，髒話連篇了，甚至穿著破鞋破褲子就可以赴約。因為大家都認為這樣最不可能吸引異性，間接告訴對方《你不是我的菜》。

當兩人都用這樣的想法時，成為異性好友的機率就上升了。但凡事都有例外，往往一開始互相討厭對方的，最終成為情侶或夫妻。

　　究竟男女之間是否有純友誼呢？確實是存在的。彼此不相愛的兩個人，甚至都有伴侶的兩人，可以為了怎麼泡一杯好喝的咖啡討論幾小時，也可以為了不同的礦石、水晶的能量聊上幾天，甚至每次見面都會聊聊這個話題，他們可以相互關心，卻不會超越界線，他們可以互相傾聽心事，但不會有壓力，只把對方當成好朋友，甚至可以一起遊山玩水，經過一年、兩年、五年、十年，還是保持當初那種心情，回家之後不會想念對方，偶爾見面，不會有約會那樣的興奮與期待，不會擔心對方覺得自己不美、不帥氣，不會刻意取悅對方，如此的情誼，對一個男人來說，就算是真正的紅粉知己，而不是情人或是情人候選人了。

美麗人生

新車與舊車

文：老溫

　　車子保養的再好，總有一天會變舊車，然後變成廢鐵，又或者車庫夠大，停在車庫裡當做紀念品，再買一部新車，除了比較省油、節省維修次數、安全度比較高，載著家人的時候也比較放心，尤其是長途開車時，老車出狀況的機會是很大的。

　　年輕時，開著朋友的老本田往南部跑，在高速公路上，時速約一百，前輪抖動非常厲害，最糟糕的是會忽然熄火，並失去煞車，沒出事真的是運氣好。裕隆的速利是國民車，開不快，但同樣有一些老車的問題，例如冷氣故障，這在平常沒問題，萬一下大雨，那可不太妙，會看不到路，非常危險；或者是夏天的中午需要用車，那可就讓人汗流浹背了，它的煞車油會漏，非常麻煩。但最可怕的是高速公路爆胎，有些人平常很少急煞，結果輪胎不知不覺中就使用很多年，超過五年的比比皆是，這種高齡胎非常可怕，什麼時候會炸開沒人知道。

　　還有一種舊車也是會要人命的，朋友的弟弟因為跑業務，每天都非常忙碌，不太可能天天檢查車子，常常就是一上車就發動，然後跑一整天，有一次，開在快速道路上，此時因為漏油加上溫度過高，雙重的問題造成火燒車，整台車燒得只剩下黑漆漆的骨架，讓他成了夜間新聞的男主角，幸好沒有釀成追撞，也沒有波及別人，否則就不是損失一台舊車可以解決。

　　新車也有它的問題，買的時候要花很多錢，保險也要很多錢，能否負擔得起呢？買不起的話，現在的利率不高，很多車商都推出六十期零利率，看起來很划算，但算起來很可怕，加上稅金與保養、油錢，一年將近二十萬，是非常沉重的負擔，如果是德國寶馬或賓士，一年四五十萬以上。如果沒有車位的人，亮晶晶的新車停在外面，總是膽戰心驚，怕被刮傷或是被破壞。

　　買了新車，就會想出去旅遊，尤其是那些較長途的，甚至過夜，因此安排旅行就成了另一件重要的事，看起來跟新車無關的事就跑出來了。有個朋友本來的舊車破破爛爛，突然開了全新的進口高級車，竟然有親戚半夜跑來敲門，說是有急用要借錢，真是讓人啼笑皆非，姑且不論對方是否急用，因為家族的年輕一輩，最被看不起的就是他了，大半輩子都被親戚笑話的他，全因為買了進口車，忽然變成大熱門，三天兩頭就有人跑到家裡串門子，想知道他到底是怎麼發財的？好可怕的特別效應啊！

美麗人生

打造城堡

文：老溫

　　每個人都想要有個溫馨又舒服的家，不論它是什麼樣子？當房子買了，就必須努力打造它，讓它變成自己的城堡，因為這城堡裡住的不止是自己，還有最愛的家人，時間短則三年五年，長則直到終老，因此除了地點、房型，還有裡面的所有家具、家電都要精挑細選，任何一個角落都不能放過，重點是要溫馨又舒服。

　　因為已經結婚，並且有了小孩，他們過兩年就要唸書，所以選擇了學校附近的房子，離國中也不遠，有傳統市場跟大型購物中心在不遠處，而且也安靜，房價算合理，屋齡也只有七年，足夠使用三十年以上了，看了三次之後便決定了城堡的位置，並很快交屋，點交非常累人，但絕不可能馬馬虎虎，以免後患無窮。

　　列好清單，超過百樣物品必須購買，還真讓人頭大，每個位置的空間表都拿在手上，避免太大放不下，或是太小不夠用，衣櫥是訂製的，這樣比較耐用。當所有的家具都定位，這時換成採購家電，跟妻子討論了許多樣，也花了許久的時間，最終達成的協議就是買耐用且實用的，不要太便宜的。

　　當窗簾也裝上，床單也鋪設好，枕頭、棉被也都定位，就等著我們入住，但新家具都有味道，所以門窗都打開，並且買了十斤的茶葉來吸收這種味道，味道果然在五天後就沒了，選一個良辰吉日搬進去吧！

　　客廳是家人聚會的地方，用了暖色調的燈，足夠大的電視、音響，還有酒櫃，舒適的沙發、簡單的茶几，角落是景德鎮的手繪大花瓶，還有五十公斤重的紫水晶洞，飯廳有圓桌，內部可以旋轉，這樣夾菜就不必起身，非常方便，足夠大的曬衣陽台，還有夠大的冰箱在廚房裡，烤箱、微波爐、烘碗機，還有藏在櫃子裡的許多用品，花了一個多月，總算把城堡的樣子完成了八成。

　　書房是最後完成的，它還要兼具倉庫的功能，所以訂製了特別的櫥櫃，可以裝一些冬天的棉被、不常用的物品、吸塵器等等，它們都被安置在有門的櫃子裡，而看得見的置物架上，有模型車、鋼鐵人模型、木雕龍，以及一些水晶原礦，它們可以讓我的心情平靜，在書房裡思考正確的決定，電腦是雙螢幕的桌電，要打字或是看照片都很棒，打造城堡的工作總算是完成了，再來，就是細部的修正，直到滿意。

美麗人生

藝術品

文：老溫

　　收藏藝術品，有幾個重點，一要看對眼，看對眼就是寶，如果不喜歡，再貴也是草，除非是第二個目的：賺錢。但要靠收藏對的藝術品絕不容易，三是當成家裡的一部份，擺在對的位置是加分，錯的位置是減分，那怕是價值連城的畫也一樣。加分叫做有品味，減分就是相反。第四種是把它鎖起來，或是擺在收藏室裡，就像是博物館的作法，控制溫度、溼度，這類手法適合價值連城的創作，大部份的人應該不會有這種想法。

　　看對眼不難，多逛逛展覽、多跑三義木雕街、鶯歌老街、畫廊，很容易入坑的，沒錯，藝術品是錢坑，少則數千，多則幾億美元，口袋多深，決定了坑的大小。便宜的藝術品未必不漂亮，有時，一張幾百元的畫反而可以掛在牆上很久，很耐看，差別是可能不會增值，這類的畫雖然漂亮，但應該是量產型的作品，增值機率實在不高。

　　反之，有些畫雖然非常昂貴，但卻沒你的緣，在最初相遇時只是看了幾眼，也許只在牆上過了幾天，就被拿去儲藏室冰起來，說不定是孫子或孫女長大，繼承財產時才會發現它的存在。

　　如果真要把畫掛在牆上，或是雕刻擺在客廳，那麼就要給它們足夠的空間，旁邊不能有雜物，任何多餘的東西都不要靠近它們，這樣才能凸顯這件藝術品，就像去看展覽一樣，越大的作品，旁邊的東西就離它越遠。如果家裡空間不足，那至少類似相片牆

一樣，不過一張山水國畫跟一張西洋油畫擺在隔壁，實在有些奇怪就是，但我確實看過這樣的擺設。

有門的鞋櫃上方，擺個花瓶、雕刻、水晶洞、原礦都很不錯，但平台上千萬別再有東西，搶走它的風采。客廳的角落也一樣，就適合擺設這些，或是個一米五的大花瓶也可以，大小很重要，全看室內空間的大小，越小就越難擺，夠大的客廳，隨便擺都很容易變的漂亮，只不過最好留意一下裝潢的風格與色系。

廁所也是個容易發揮的地方，適合活潑的、搶眼的作品，除了放鬆心情，也可能改變思緒。書桌上最好還是乾乾淨淨的，只放一顆水晶球，象徵心想事成，或是一片魚眼石原礦、螢石原礦，能讓人思路清晰，而模型車、公仔、相框，只會影響專注力，比較適合放遠一點，兩旁的置物櫃上方，放一個大顆的藍色拉長石原礦，神秘的金屬藍光，可以有效延長專注力，是個不錯的裝飾，可以一舉兩得。

美麗人生

第一部機車

文：老溫

當一個男孩變成男人，意味著交通工具也可能跟著改變，從原本的大眾運輸或是腳踏車，變成一部機車或是汽車，有了機車，就代表他的活動範圍加大了，正所謂男兒志在四方，騎上機車，他可以做許多年少輕狂的事。

進機車行，挑選型號、顏色、付訂金、挑車牌號碼、付清尾款、拿到行照、鑰匙、發動、離開機車行，只有興奮可以形容此時的心情，不過父親並不放心，要我到一處很大的空地練習了許久，才讓我真正上路，他教導我許多要注意的地方，鉅細靡遺，深怕隨時會失去我一樣，在上路之前，他再三叮嚀，並說了一個故事才讓我開始遨遊。

故事是這樣的，附近有一個的男孩，不，他已經三十歲了，但這不是重點，重點是他的下半身是癱的。十一年前的某天，他剛拿到駕照三天，他的父親就應他的要求買了一部可變檔式重機，雖然只是 125CC，但他偷偷地騎去改裝，讓極速可以超過時速二百公里，接著發生慘劇。

那時車子也才買了十幾天，他真正開始飆車的第一分鐘，他把油門轉到底，換到四檔時，時速也不過是一百三十，快車道上是一部貨車，小路上一部轎車竄出，擋住他的去路，往左，將直接撞上貨車，往右，路旁停了整排的汽車，直走，將撞上這部轎車，幾乎沒有時間反應，他就直接撞上那部轎車，整個人飛向路

旁,撞破了一部車的後擋風玻璃,整個人摔進那部車的後座上方,當他醒來的時候,已經是在醫院的第三天,接下來的十一年,他每天都在復健,以後的每一天也是。

父親的叮嚀是對的,他說的那些都是真的,我會遇到的狀況實在太多,多到一張紙可能都寫不下,不打方向燈就轉彎、不看路就從路旁跑出來、高速超車後緊急煞車轉彎、左轉打右轉燈、右轉打左轉燈、違規迴轉、追球的小孩、蠻不講理就突然停在馬路中間的大嬸,什麼奇奇怪怪的突發狀況都有,但有一點他特別叮嚀,入彎後盡量不煞車,那是另一個故事了,他的朋友在他的面前,入彎後急煞,結果輪胎摩擦力抵擋不住慣性,車子滑了出去,卡在護欄上,他的朋友血肉模糊,當場死亡,沒有急救的機會。

父親的叮嚀我謹記在心,不去挑戰那些危險駕駛模式,他語重心長地說:只要出事一次就再見了,不要不信邪。在騎了十五年之後,我讓它退休,這陪著我度過年輕歲月的第一部機車,讓人好懷念,有好多好多屬於我的故事。

美麗人生

修身養性

文：老溫

談到修身養性，很多人立刻會想到練習書法，沒錯，但它只是其中一個方法而已。書法之所以被拿來修身養性，主要是因為它必須靠著無數次的練習與失敗，並且很有耐心，一筆一劃，一個字一個字慢慢完成，其實需要耐心和專注力的事可不少。

例如雕刻，要雕好任何一樣物品，除了要非常專注，更要了解材質，還有目標物的神韻，是否可以巧色巧雕？是否會在某些紋路造成不可挽回的傷害？失誤怎麼救？冗長的學習過程，還有耗費的時間、材料、金錢，這些都是比練習書法更加困難的，因此，能夠雕刻得很棒的人，必定是專注力與耐心一流的人。

工筆畫也是一樣，先思考、構圖、畫底線、上色，過程冗長且繁瑣，沒有一點耐心跟專注力是不可能辦到的。延伸到陶藝、瓷器繪製上色都是相同的道理，經過無數次的練習才能達到一定的程度，當一個人經過這些的磨練或訓練，就不會急性子，也不會認為事情只做一次就能成功，能從其中悟出禪機的人亦不在少數。

曾經因為朋友介紹，到了一位書法家做客，他熱情的讓我們參觀他寫字的地方，除了牆上掛的完美作品，更驚人的是堆積如山的練習，那些一疊疊的宣紙，粗估至少十萬張，經過詢問，超過這個數字不少，將近二十萬張，一個平常人，寫二十張後就可能心浮氣躁，難以想像將近一萬倍的練習量，要多少時間？多大

的毅力？瞠目結舌的我們，都覺得他的練習量太驚人了，結果他的夫人說了更高的數字，說已經資源回收的數量比屋裡的更多，至少有三十多萬張了。當場他就少收了兩個學生，他們本來想拜師，但知道要經過這麼長的訓練期之後，同時打了退堂鼓，直接放棄拜師的念頭。

其實練武也是，一位資深的武打明星，他並不像演出的那樣暴躁，也不像劇中的個性，談吐反而是溫文儒雅，言之有物，他不願侃侃而談那些過去的輝煌，只是冷冷的回應說那些只是過往雲煙，他現在只想平淡的過，不想再被記者、狗仔、粉絲們追逐。最近發覺中性筆寫字很漂亮，買了兩打來練習，雖然不能像書法家那麼厲害，但確實能夠讓心靜下來，寫了好幾天才用掉一隻筆，天啊！兩打可以寫一整個冬天，說不定春天結束時，這些筆還有一半以上啊！？

美麗人生

書　櫃

文：老溫

　　養成閱讀的習慣之後，書一本本或一套套的買，原本只有一本橫躺在床頭，接著弄了簡單的夾式書架，當數量已經到達百本，塞滿了床頭櫃之後，我發現該是幫它們找一個真正的家了，那就是書櫃，有玻璃門的那種。

　　該怎麼安排它們呢？精彩絕倫的武俠小說包括：金庸、古龍、臥龍生、黃易等人的系列作品，還有馬榮成的漫畫，哈利波特全集、魔戒三部曲跟哈比人、龍騎士四部曲、饑餓遊戲三部曲、波西傑克森五部曲等等，光是這些暢銷小說就夠多了，而瓊瑤的經典 65 本、倪匡 36 本同樣都陳列在書櫃上，其他的還有九把刀、橘子、藤井樹等人的暢銷書。而以上這些都是所謂的創作型作品。

　　至於古人的作品也是值得收藏與閱讀的，全彩圖解四書（論語、孟子、大學、中庸），全彩圖解五經（詩經、尚書、禮記、易經、春秋），唐詩三百首、宋詞三百首、宋元明清詩選、紅樓夢、西遊記、聊齋誌異、三國演義、水滸傳、金瓶梅、封神演義、鏡花緣、儒林外史全都陳列在一起。西方的名著包括：唐吉訶德、傲慢與偏見、茶花女、天方夜譚、湯姆歷險記、紅與黑、基督山伯爵、了不起的蓋茨比、神曲之地獄、白鯨、戰爭與和平、格列佛遊記、老人與海、羅密歐與朱麗葉等也都同樣陳列在一起。這些書都是古今中外的必讀經典。

　　至於散文類、各式工具書也不少，加起來也有上百本，排成兩列剛剛好。古人說：一日不讀書，塵生其中；二日不讀書，言語乏味；三日不讀書，面目可憎。現代人資訊來源太多，電視、網路、報紙、雜誌、手機，太多會佔據時間的事物，別說三日不讀書了，三月不讀書都有可能，雖不至於面目可憎，但電影、電視會讓人的思考能力下降，而書恰恰相反，在閱讀的同時，就是在動腦，把文字變成畫面，這是益處之一，能夠從書中得到智慧是其二，能從書中得到解決事情的方法是其三，能從書中得到知識是其四，是否有五六七八九，每個人的感受應該不同吧！

　　在你不知所措、心煩意亂時，不妨打開一本書，任何一本都可以，讓自己沉浸其中，也許你會從書中找到問題的答案，找到真正的自己，看到迷失中的自己，甚至未來的自己，如果沒有找到答案，多翻幾本，相信總有一本書能啟發你的心靈，《書中自有黃金屋，書中自有顏如玉》是真的。

美麗人生

網絡世界的理想國

文：明士心

　　究竟網絡世界有沒有私隱？敬請讀者思考三秒，再回答。換一個說法，你在上網時有沒有足夠的「安全使用」意識，如沒有，則等同在馬路上橫衝直撞，又或者把叉刀當成玩具一樣危險。

　　無論任何商品，喜歡用就用，不喜歡用就不用，完全是個人自由，但筆者目前沒考慮過停用 Facebook，原因很簡單，因為我是重感情的人，也會感恩，絕不「用完即棄」。過去超過十年時光，Facebook 為我留下了很多生活片段，每天都可以回憶、回味，單是這一點已經無法取替。說棄就棄，豈不是硬生生把個人回憶、照片甚至影片，直接放進電腦中的廢物回收箱？

　　再說，受惠於 Facebook 誕生，筆者認識了來自不同領域的新朋友，大大充實了我的生活，擴闊社交圈子，得到了友情、機遇。並且，若非 Facebook 的出現，恐怕筆者也會失去了很多、很多、很多生意，不敢說它成就了我，但沒有它，也沒有今日的我。

　　難能可貴的是，Facebook 直接或間接打通了人際間的「任督二脈」，從而找回數之不盡的小學、中學和大學的校友，那些都是失散多年的朋友及同事。對於重情的我，實在彌足珍貴。

　　說回來，筆者是理解「網絡大遷徙」的起因，遠的追溯到 Facebook 霸道禁言、封鎖，近的又有 Facebook 旗下的 WhatsApp 預告「更改私隱條款」，加速免費通訊軟件商業化。港人對政治

和私隱向來敏感，因為主流民意支撐川普而引發浩浩蕩蕩的「大遷徙」，務求在同溫層獲得認同，以免受到排擠。然而，世界上還有免費午餐？愛情沒有面包，那只會貧賤夫妻百事哀。

記得百度創辦人李彥宏說過：「中國用戶願意用私隱交換便利。」沒有比較，沒有傷害，相比起大陸網民，港台網民肯定更加關心個人私隱。來到二十一世紀的今天，網絡上還有幾多私隱可言？正如筆者每天幾乎都接到電話問我借不借錢，偶爾收到一些寫了名字的宣傳信件，試問我的資料從何而來？還不是有公司出售了我的個人數據！

如果你害怕被人出售自己的網上數據，或者你根本不該上網，要知道今日購買遊戲機也要登記大量個人資料，誰知又會轉賣給甚麼公司呢？說穿了，社交網站其實很少人社交，多數人只是發表意見，提高自己上網「安全使用」意識，比起使用甚麼軟件更加重要。

那個人氣急升的 Mewe，筆者已開戶一段日子，目前仍處於觀察階段，倒認為實際分別不大，且看將來會否與 Facebook 同步更新。就算今日斬釘截鐵說不賣個人資料圖利，也難保一年、三年、五年後不會，變幻原是永恆，從來是千古不變的定律。

　　現實世界的烏托邦不存在，網絡世界更加不可能有。有朋友告訴我，有一天，他的妻子忽然來電，問他是否在公司偷看愛情動作片，朋友起初支支吾吾，妻子追問在做甚麼、身在甚麼地方。

　　朋友說他在公司上班，一再糾纏之後，終於知道妻子早懂得利用家中電腦查看他的網上記錄，那他只好承認在公司看過 A 片。毫無疑問，只要你上網，就會「留尾巴」，任何人都追蹤到你，哪怕不過是毫無 IT 知識的全職媽媽。

《賣身契》竟似預言書

文：明士心

　　十年人事幾番新，何況是四十年？但，有些事情原來四十年過去，境況依舊，甚至比起四十年前更嚴峻。

　　不知道是否年紀大了，經常開始想當年，回憶過去的人和事，甚至愛上重溫老歌。不管粵語老歌是否水準高，其實也蘊藏了一代人的情感，而且有些歌能夠跨越時間的阻隔，歷久不衰，今天聽來完全不覺過時、落伍。

　　當中最欣賞的一首老歌，莫過於歌神許冠傑作曲作詞（黎彼得也有份作詞）的《賣身契》，內容描述七十年代末的香港，但有趣的地方是四十年後，放諸今天香港，竟然像預言曲一樣適用。

　　這首歌的靈魂就在最後一段：「香港地為生計，乜嘢都受人限制，睇報紙多多制度條例，加差餉電費水費，啲餸乜越來越貴，恩愛夫妻都頂心頂肺。喂！咪太過閉翳，瞓醫院更貴（太貴），養班馬騮仔，有苦暗啞抵，仲要交足書簿費，一張張賣身契（賣身契），枕住咁累你一世（做到甩肺），唉！總之一句阿彌吉帝（阿彌阿彌吉帝）。」

　　這一段道盡了香港地的生活，香港地就是為了生計，就有很多制度法規和限制，而各樣各式的公共支出及物價越來越貴，使到恩愛夫妻都受不了。

　　之後一句更有灰諧，要大家不要太煩惱，以免氣到進醫院，醫療費用比生活費更高、更貴；如果兩夫妻養了小孩的，學費雜費還有很多支出，一句話，生活就像每個人都簽了賣身契，而且是一輩子的。

　　2021 年的香港，人們生活如與 40 年前如出一轍，香港的各種生活支出不斷的增加，市民的負擔越來越沉重，百上加斤，這種環境下真是沒有甚麼病痛，盡可能也別求醫，能死不能病。

　　第二段講述男生長大要娶老婆，原本成家立室亦不容易：「蘇蝦仔大個咗啦喂，識拍拖學人地曳，一次偷雞喊亦無謂，返香閨論婚禮，俾八姑窒頭窒勢，好女婿，呢單認真襟計。喂！你咪當免費，走精面咪制（咪制），我聽錢洗，你好挖倉底，重要三牲酒禮，簽番張賣身契（仲要屋契），攪掂筆外母費（杰過西米），叶蘇蝦仔至真出世。」

　　這一段談及港男娶妻之苦，今天也聽過不少「外母（台稱：岳母）」對女婿諸多要求，幾十萬禮金、至少擁有大學學位、最好是專業人士，無形中對娶妻者施加龐大壓力。四十年前如此，四十年後變本加厲，嗚呼哀哉！

　　本篇開首提到這首歌經歷四十年歲月洗禮，今日聽來依然津津有味，到底是作詞人的遠見？還是香港人的生活從來沒有進步過呢？筆者沒有任何評批之意，只是一時感觸，忽爾有感而發。

　　其實，《賣身契》是同名電影的主題曲，卻刻意安排在結尾播出，原因是配合電影的倒敘手法，藉此把主旨帶出來，有興趣的讀者不妨把《鬼馬雙星》、《天才與白痴》和《半斤八両》合共四首金曲一起重溫，自會發現當中的連貫性，簡直是一個時代的香港寫照。

《天若有情》天亦老

道是無晴卻有晴

文：明士心

　　「如果他朝此生得可與你／那管生命是無奈／去也曾盡訴／往日心裡愛的聲音／就像隔世人期望⋯」每次耳際響起這旋律，又或再聽袁鳳瑛的歌聲，腦海不期然會浮現一幕幕的回憶－－－－劉德華駕駛「烈火戰車」，載住吳倩蓮奔向死亡終點。

　　《天若有情》已上映三十多年，不幸的是，導演陳木勝卻英年早逝。這部電影陳木勝的處子作，也是吳倩蓮的處女作，當年在港大賣 1200 萬港元，「華 Dee」外號由此而起。筆者心目中的「最佳男配角」吳孟達，首次奪得金像獎最佳男配角，卻沒想到也是唯一一次。

　　片中金曲除了與電影同名的《天若有情》令人萬般感觸之外，還有 Beyond 的《灰色軌跡》、《短暫的溫柔》和《追夢人》，這是港產片輝煌盛世的典型配置，也是九十年代對愛情的憧憬和幻想。

　　劉與吳的愛情，哪怕是飛蛾撲火，只要轟轟烈烈，不問有沒有好結果，也能夠全身投入，犧牲一切，呼應了「只求望一望／讓愛火永遠的高燒」。諷刺的是，一年後面世的大熱合唱歌《現代愛情故事》中的愛情觀「如共你分開應有機會再愛一個，不可能付出一生空虛過」，表達合則來、不合則去，與《天若有情》形成強烈對比。

劉德華演活了不羈浪子的角色，同時又是無比深情，因一起劫案而挾持富二代吳倩蓮。一個帥，一個純，明知沒有結果，依然愛得死去活來，這是每個年代的年輕人寫照。你我都曾年輕過，我說的，你懂得。吳為劉收拾房間，留下一句「愛你無悔」，便為電影點題。

吳倩蓮穿起一襲白色婚紗，劉德華鼻血狂流不止在公路上飛馳，今日再看當然會覺得誇張過頭，但當年相信令很多人淚如雨下。結局，吳穿上婚紗在大街奔跑，劉在江湖仇殺中喪命，配上《天若有情》的旋律，再土也令人回味、感動。這種愛情無疑是浪漫的，但很難細水長流，當人大了，你會明白到，真愛不是萬能，真愛也不能化為生活上的柴米油鹽。

愛情是一剎那的感覺，有人只有一個月，有人只有一日，有人只有 45 分鐘，但要長長久久地日夕相對，就必須學習與來自另一個星球的異情相處，愛情終歸要轉化為感情，不然，那還是一輛「烈火戰車」。美麗人生？沒有愛情又怎能美麗呢？

美麗人生

死有甚麼可怕？

文：明士心

莊子有云：「生有何歡，死又何懼？」塵世間，大部份人都是怕死的，有些人更怕得要命。弔詭的是，人終須都要死一次，上至總統，下至蟻民，每個人都難逃一死，既然死亡是無可避免，到底又有甚麼好怕呢？

人生無常，很多事情都無法預知，唯一肯定會發生的就是死亡，只是大部份人都無法知道這一刻何時來臨，但生老病死是萬物定律，直至科學家發明到長生不老的仙丹。

既然沒能逃得出鬼門關，死亡有甚麼可怕呢？反正遲早要面對死亡，怕與不怕還是改變不了，到底我們是害怕失去人世間的身外物，如金錢、汽車、珠寶、房子甚至是愛人嗎？然而死後萬般帶不到，倒卻是最多人害怕失去的東西？

有說人生四苦，捨不得、放不下、看不開、求不得，這些都是害怕死亡的原因？人只要合上眼，身外物都跟你無關，而捨不得可能佔主因，生前努力向上流，賺到財富珠寶和名譽地位，通通會在靈魂停止跳動後，化作過眼雲煙。

古語有云：「死有重於泰山，輕於鴻毛」，可惜人生無論多有意義，或者死得如何轟轟烈烈，結果不就是「死」了嗎？不管那個偉人是否流芳百世，那個惡人是否遺臭萬年，終極一站殊途

同歸，而且大多數人都是凡人，除了死者的朋友親屬之外，通通都是安安靜靜的去，儼如消失風雨中的沙塵。

人的一生，接觸得最多離世消息的會是親人，其次是名人明星，小時候覺得李小龍之死很震撼，後來見證了傅聲、翁美玲，再到陳百強、黃家駒、張國榮、梅艷芳等乘鶴西去，讓我體會到任何年齡的人都有機會面對死亡，所以就更加要把握當下。無論開心抑或悲傷都要過日子，何不開開心心面對死神找上門？

想深一層，我們怕得要死的不一定是死亡，而是捨不得。我不怕死，怕的是痛，看過不同人的不同死法，似乎哪一種都會經歷撕心裂肺的痛苦。怕，是怕死得非常痛苦。

有人會認為死了之後，所有煩惱事就可迎刃而解，且慢，事情不一定能真正的解決，後果往往是由旁人來承擔。死了就能解脫嗎？看過一些鬼故事，常見冤魂不散，無法投胎，怨靈可能會長留陽間，是代表死後也無法解脫的證據嗎？

我們不知道世界上有沒有鬼魂，因為面對死亡，我們是一無所知。也許，一無所知會是另一個害怕的原因吧？

美麗人生

莫名其妙，
老夫子看人生

文：明士心

　　若非自小閱讀《老夫子》漫畫，恐怕我會同很多人一樣，會把莫名其妙誤寫為「莫明其妙」。小時候看《老夫子》，覺得很好笑，長大後再看覺得除了藏著人生百態之外，還有滲入了很多的人生哲理。

　　早前因為《老夫子》作者王澤教授在台中的現代畫廊開畫展，有幸訪問了王教授，在跟王教授訪問過程中，對老夫子這漫畫角色就有更深刻的了解。漫畫中的老夫子沒有特定職業，平凡不過，可以是任何人、任何身份，意味著他代表了「所有人」，也可能會遇上任何情況、遭遇。

　　在四至六格的漫畫裏要傳達一些訊息、表達一些想法，同時要用幽默方式說故事，實在不容易，由此可見，王教授及老王澤（王家禧）的功力甚深，才能畫中有意、意中有畫。

　　有時候，老夫子很愛搞惡作劇，有時候又愛多管閒事，有時候又愛說教，這就代表了不同人物的不同性格。在某些故事中，人物對話尖酸刻薄，看來特別令人覺得欠揍，每次閱讀《老夫子》如同看盡浮世繪。

　　整套漫畫的背景設定和人物衣著，看上去是六七十年代的舊香港，但內容卻歷久不衰，到了現在我端出來給兩位兒子看，他們依然看得津津樂道，會心微笑。或許是人類的科技進步了，但

數十年來的思想卻沒有進步多少，尤其是華人的傳統觀念，舉例說，恆久不變的思維可能是貪小便宜、可能是自作聰明、可能是瞧不起別人等。

關於愛情的對白，有男追女的，也有女追男的，大部份並不順利，老夫子對陳小姐神魂顛倒，原來現實中真有其人的。值得一提，關於夫妻相處之道的漫畫，大部份顯現出女人當家作主，正正反映了華人社會的現實狀態。

人生不如意事十之八九，對老夫子而言應該是百分之九十九，他愈是不如意，讀者愈是笑得開懷。「禍不單行」是漫畫中常見的題目，也是老王澤最喜歡的題目，每次看到這四個字，就預感到老夫子會遇到很多倒霉事。而現實生活中，人們如果運氣不好，總會不如意事接二連三。

「耐人尋味」是另一個經常出現的題目，總之情節是無法想像、光怪陸離，完全猜不出結局是怎樣的。這個題目可以是天馬行空，任何狀況都有機會發生，王澤說過：「因為想不到寫甚麼題目，就會用耐人尋味，哈哈！」

最後想說一下，老夫子有時會踢足球，有些情節曾經我在球場上遇到過，有些滑稽的動作也不是笑話，而是真實存在的，反映作者對足球應該認識不淺。

美麗人生

賀歲電影陪伴過年

文：明士心

《富貴再逼人》中「肥姐」沈殿霞與董標的派利是口訣：「一百蚊紙頂心口、十蚊港紙扎褲頭、大餅硬嘢最就手、一蚊美金摸蘿抽。」還有多少人記得？人愈大，小時候的記憶愈模糊，現在只記得年輕時的農曆年，其中一個節目必然是全家人一起到電影院看賀歲電影。

昔日賀歲電影經常爆滿，一間影院買不到票，同區幾乎也不可能有，人們就要馬上乘計程車前往另一區的影院。農曆年期間上映的電影，一律稱為「賀歲片」，而這類賀歲電影以喜劇居多，畢竟新年流流，觀眾不過想花幾十塊錢「買笑」，開心的來，開心的去，寧願笑一笑，世界更美妙，也不想看到血肉橫飛，或者離場時痛哭流涕。

那時候，一家人看電影就夠滿足，一邊開懷大笑，一邊吃爆米花，而且常常笑到肚子痛。香港首部賀歲電影是 1937 年的《花開富貴》，講述有家人尋找一張彩票的故事，戰後四十至六十年代，拍攝賀歲電影漸成一股約定俗成的習慣，我的印象的起點大概由《摩登保鑣》（票房 1700 多萬刷新香港開埠紀錄）開始。

之後就到《最佳拍擋》，再加上成龍主演的一系列武打喜劇（如《福星高照》及《龍兄虎弟》），還有周潤發（如《八星報喜》及《賭神》）及九十年代初的周星馳（如《家有喜事》），

感覺上每一部都能引群一笑，務求讓大家在佳節歡天喜地，含笑回家。

有趣的是，最近與十多歲的兒子們，重溫三四十年前的香港賀歲電影，他們都看得開懷大笑，比方說一系列的《最佳拍擋》。除了遙控車大戰、機器人火拼及一些打鬥場面外，電影中不少對白都令兒子留下深刻印象，笑中有所感悟，反映優秀的作品是經得起時間考驗，幽默可以長存不朽，更能突顯當時電影台前幕後的功力是如斯深厚。

賀歲電影是香港傳統文化，但似乎已經今非昔比，不知道是否年紀大了、記性不好了，近年看到的賀歲喜劇一般都過目即忘（如《賭城風雲》、後來的數部《家有喜事》），甚至很快連名字也說不出來，更遑論要回憶當中的細節。因此，筆者逐漸開始在農曆年重溫八九十年代的賀歲老片，原來真的是百看不厭，就算再看七七四十九次依然笑到出汗。

賀歲電影對白中較有趣的地方是，往往與情節未必有關，只是在特定場合冒出來襯托角色，比方說，《最佳拍擋之女皇密令》，張艾嘉向老公麥嘉說：「老公，我昨晚夢見你送皮草給我，這是甚麼的預兆？」麥嘉便答：「是失望的預兆！」簡單兩句對白，就算沒能完整看完電影，一樣會覺得趣味無窮。

　　過年期間，本來只想開心寫意，慶幸，我在八九十年代欣賞過很多精彩的賀歲喜劇，即便每年重點幾部，也要好幾年才看得完。以前，我們拜年後一家大小就想就是進影院，今天年輕人連拜年都未必想去，何況要一同看賀歲電影。2021 年，香港影院因疫情而沒能打開門做生意，可說是賀歲電影消失的 一年，想看也沒法看。

睹物思人

文：明士心

　　2017 年英國薩里大學研究顯示，當我們懷念有意義的事物時，情緒與「快樂」最接近，意味「懷舊」的觸發，結合了記憶與大腦的正能量機制，刺激到神經元，從而在過程中產生了積極的情緒。簡言之，睹物思人，有助我們更加快樂。

　　看見「睹物思人」四個字，通常會與愛情產生聯想，看見她／他所留下的物品，情不自禁思念對方。然而，這成語源出並非局限於形容戀人關係，但凡任何人看見某些事物而想起某一個人，都可以形容為「睹物思人」。

　　看見一些東西、物件，然後想起一個人，很多時候並非存在「思念」，而是自然地想起他／她，即使已經很長時間沒有任何聯繫，甚至可能是死敵仇人，也會產生一樣的效果。筆者每次經過舊公司附近，看到以往與舊同事常去的快餐廳，也會想起以前的不快經歷。

　　你想起的人，對手卻可能早已忘記你，偏偏，看到這物件就會想起這個人或者一群人，總之就是眷戀著過去的事情和情感，腦海霎時間湧起一些泛黃的片段。除了物件之外，「睹物思人」大概也可形容一部電影、一首歌，甚至鼻子嗅到的氣味，時至今日，蘋果味香水依然是筆者最討厭的味道，只因其中一名前度經常使用這款香水。

　　如上所述，就算這個人不再聯絡，就在這一刻，他／她在腦海裏突然跑出來，怎樣也控制不了。就如重看了一部舊電影，通常會想起第一次哪家電影院看、跟誰一起看。沒錯，就是這個人，一念之後，這個人的影象又會消失無蹤，真的奇妙。

　　我們會在某時某地忽然想起舊同學、老朋友，親人和戀人的出現率就會更高。說實在的，睹物思戀人，也不一定在分手後出現，熱戀時同樣會出現這情況，可能頻率就更高。熱戀階段，甜甜蜜蜜，卿卿我我是正常不過，送了對方回家，內心也是百般牽掛。

　　如果「已分手」，回憶有時會心痛欲裂，痛楚程度與愛得幾深是成正比的。越愛對方，心就越痛，相反，時間沖淡一切，分手越久，痛的感覺會越來越輕，N 年後也許一笑置之。

　　想說的是，我們往往從沒忘記過這個人，只是把他／她的記憶放在腦際「圖書館」的一角落，平時不會翻出來，經過某個書架就會拿出來看一看、瞄一瞄，再次打開記憶的大門。說實在的，人腦很神奇，很多事情是科學家都解釋不了，「睹物思人」只是其中之一。

美麗人生

謠言年代真假難分

文：明士心

俗語有云：「見到的未必是真相，真相未必讓你見到。」斷章取義、先入為主、道聽途說、一知半解，這一系列成語真的是歷久不衰，古今皆宜。記得已故武俠小說泰斗金庸先生的著作中，就不乏因「誤會」引起的例子，當中最經典必定是郭靖誤會黃藥師殺了他的五位師父。

事件起因是郭靖的師父江南七怪（只有六位），當中五位死於桃花島。當郭靖趕達桃花島後，發現韓寶駒的黃馬屍體，死狀與郭靖當年看過黃藥師一掌擊斃華箏公主的坐騎相同，然後再發現全金發的半截鐵秤，另一半則已插進他的屍體。整個桃花島上，有能力弄斷鐵秤的人只有黃藥師，難免成為非常嫌疑犯。

劇情發展下去，郭靖發現江南七怪的老二妙手書生朱聰身上都是珠寶的屍體，韓寶駒的頭有五個指孔，就是被九陰白骨爪害死的，韓小瑩則在死前寫了一個未完成的「黃」字。還有南希仁同樣死前寫了一個未完成的東字，再配合了大師父柯鎮惡的形容，郭靖已認定東邪黃藥師為兇手。

在尋仇過程中遇到了黃藥師，就連黃藥師也親口說出，是他殺了郭靖的幾位師父，這可說得上是證據確鑿了。然而，看過小說的讀者應該知道，殺死郭靖幾位師父的兇手是西毒歐陽鋒及楊康，但偏偏憑著以上幾點便斷定是黃藥師所殺，謠言就此而生。究竟謠言止於智者，抑或謠言始於智障？

有趣的是，引起江南六怪前往桃花島的，也是因為另一個謠言：「黃藥師殺了周伯通與譚處端。」有興趣的讀者不妨重溫《射鵰英雄傳》這一幕。

其實，就算表面證據全部成立，甚至乎連當事人都承認的「事實」，也不一定是「真相」，更何況許多情況之下，尤其是人家的感情事，大家往往是一知半解而已，又怎能妄下判斷呢！

年輕時原以為資訊流通愈是方便，人類的知識或智商會愈來愈提高，特別是在網絡時代，要徹查一起事件比以往容易得多。奈何，事實上並不如此，網絡世界愈發達，對於某些人來說反而知識更少、智商更低，正正是文章開首的幾個成語造成。謠言滿天飛或者偵探處處有，鄉民自以為是，更甚的是出現數之不盡的網絡法官，經常在不理解全部真相之前已經妄下判斷。

這個網絡年代，人們不能只聽信片面之詞，就連當事人所說的話也未必是真，只是說明了世界上很多人喜歡造謠，很多鄉民會對謠言深信不疑。有些人會從「創作故事」中得到利益，但破壞力最大的是，吃瓜群眾想也不想就將故事當成真相傳播開去，其實是非常愚蠢的行為，各位按鍵前要三思啊！

美麗人生

台北車站新舊交替

文：明士心

過　去

　　對於需要坐火車的旅客來說，車站是非常重要的地方，沒有它，那裡都去不了，於是，這些旅客漸漸對特定的車站產生特殊的情感，不論車站在東西南北，是晴天還是雨天？是返鄉還是離家數百公里！是為了工作、旅行、戀愛還是急著回家跟親人相聚！

　　1988 年時，看著眼前的台北新站正馬不停蹄的趕工，這意味著舊站已經變成歷史與回憶，只能在照片跟腦海裡出現了，一想到這裡，我望著它但心中的畫面竟是拆除前的樣子，這就是回憶吧！那些在舊站時期的過往一一浮現，第一次走進車站，完全摸不清方向，左顧右盼之後才找到售票處，排隊了好久終於輪到我，什麼！沒有座位？那不就要站好幾個小時？下一班也沒有座位？只好硬著頭皮上車了，原來連續假日必須要提早購票，否則就只能站著坐車，這對長途或是年長的旅客來說是非常辛苦的事。

　　但是，蓋新站是必要的，舊站已無法承受過多的旅客每天的來來往往，更別說假日的擁擠，還有它已經使用四十多年，好多地方都已經斑駁不堪。

　　配合地下化工程，讓沿線的住戶們苦不堪言，不過長痛不如短痛，畢竟以後就沒有平交道，不必苦等火車經過，也不會有噪

音，這對大家都有好處的事，我們都應該抱持著樂觀的態度面對，一時的不便又算得了什麼呢！

　　這龐然大物，到底會為台北市帶來什麼樣的改變讓人期待，那巨大的吊臂，彷彿預告台北的未來將是高樓大廈到處聳立的水泥森林，那又會是什麼樣的台北呢？實在難以想像啊！這對年長一輩的衝擊一定會很大吧！他們該如何接受如此劇烈的變化，我無法再想下去了。

現　在

　　今天，三十多年過去，再看當年拍攝建築中的台北車站，拿在手上凝視著，仍覺得這彷彿是昨天才發生的事，怎麼此刻它身旁多了許多建築物，來往的旅客都在地下通道，不必受風吹、日曬、雨淋之苦，也無需站在馬路旁苦等紅綠燈和時間賽跑，不用忍受公車排出的有毒廢氣，我們人可悠閒的走在地下道，一邊逛街一邊等車，一想到這裡，就覺得當年的決定真的是影響深遠啊！

　　再度踏上旅途，陪伴我的不再是台鐵的火車，而是台北捷運和台灣高鐵，它們讓我快速穿梭在台灣這塊土地上，時間好像變多了，在車上欣賞風景的時間變少了，才幾十分鐘就讓我從台北到達台中，這和三十年前的差別真的很大。

　　這是個每天都在進步的世界，就像一部通往未來的列車，你不上車就會被遺忘在過去，當然，它也許沒有那麼殘酷，你可以隨時到車站上車，然後花一點時間就能趕上進度，也可以偶爾逃開它，順著自己的回憶把過去找回來，該怎麼做？都由你自己決定！

鐵路地下化前後

文：明士心

　　四條銀色的鐵軌上，偶爾有火車經過，此時所有的交通都必須遷就火車，等它緩緩通過，好不容易這班列車過去了，但又有一班車要過，眾人只能癡癡等待，眼見身旁的汽車機車甚至行人越來越多，習慣走路的我，只能默默吸入這難聞的廢氣，即使通過一層薄薄的口罩，那味道還是在的。

　　爬上天橋往下看，就可以清楚知道，到底有多少車輛在等火車經過，有些人等得不耐煩了，還會從上衣左邊口袋裡拿出香菸，點燃它、吸一口，吐出來，運氣差的時候，半根菸的時間過去了還再等，這可真折騰人啊！

　　或許是今天吹太久的冷氣了，覺得陽光特別友善，於是就在天橋上逗留許久，看著來往的車輛也挺有趣的，聽說再過不久，台北市的鐵路就要地下化，一想到眼前的畫面即將消失，我立即拿起掛在脖子上的相機，為眼前的事物留下最後身影，因為一旦動工，就再也沒機會拍攝了。

　　緊鄰鐵道的中華商場，算是最大受害者吧！因為它也必須一併拆除，眼前的繁華將會消失，但這也是莫可奈何，為了台北的未來，鐵路地下化是必要之惡！就算是再不方便也得忍，這就是進步的代價！

　　以後，再沒有平交道的柵欄會在這裡放下，叮叮噹噹的好煩人，也沒有火車會經過，發出叩叩、叩叩的聲音來吵醒住在鐵道旁邊的住戶，或許等紅綠燈的人依舊會拿出香菸打發無聊的片刻，但已不會花去他半根菸那麼久的時間。

　　沒有鐵道跟中華商場的中華路，有點熟悉有點陌生，熟悉的是周邊建築物，陌生的是它變得又寬又大，沒有火車跟中華商場在它的上面，有點讓人不習慣。

　　獨自佇立在十字路口，來往的車輛行人走走停停，我仰望著湛藍的天空，這塊土地改變了樣貌，走遍世界各地的城市也是如此啊！每過一段時間之後，都會呈現出不一樣的新樣貌，於是我們漸漸習慣了這樣的事，於是我們漸漸對城市的舊樣貌淡忘，它們的樣子越來越模糊了，不知道最終我們是否會完全遺忘。

國家圖書館出版品預行編目資料

美麗人生 / 明士心、立青、老溫　合著.　—初版.—
　　臺中市：天空數位圖書　2021.07
　　　面：14.8*21 公分
　　　ISBN：978-986-5575-38-0（平裝）

863.55　　　　　　　　　　　　　　　110010933

書　　　名：美麗人生
發 行 人：蔡秀美
出 版 者：天空數位圖書有限公司
作　　者：明士心、立青、老溫
編　　審：晴灣有限公司
製 作 公 司：花本潮有限公司
美 工 設 計：設計組
版 面 編 輯：採編組
出 版 日 期：2021 年 07 月（初版）
銀 行 名 稱：合作金庫銀行南台中分行
銀 行 帳 戶：天空數位圖書有限公司
銀 行 帳 號：006-1070717811498
郵 政 帳 戶：天空數位圖書有限公司
劃 撥 帳 號：22670142
定　　價：新台幣 260 元整

電子書發明專利第　Ｉ 306564 號

Family Sky

紙本書編輯印刷：
電子書編輯製作：
天空數位圖書公司　E-mail：familysky@familysky.com.tw　http://www.familysky.com.tw/
地址：40255台中市南區忠明南路787號30F國王大樓　Tel：04-22623893　Fax：04-22623863